rolf appel

EIN LÄCHELN VOM WEIHNACHTSMANN

Erzählungen

Advents- und Weihnachtszeit

Bibliografische Informationen der Deutschen
Nationalbibliothek:
Die Deutsche Nationalbibliothek verzeichnet diese
Publikation in der Deutschen Nationalbibliografie;
detaillierte bibliografische Daten sind im Internet über
dnb.dnb.de abrufbar.

Herstellung und Verlag: BoD-Books on Demand,
Norderstedt
Grafik: Ryzhkov Oleksandr/ Shutterstock.com

ISBN: 978-3-7543-6812-1

Erzählungen für Dich

INHALT

DUNKELSTUNDE

Adventszeit, leben mit der Pandemie. Die virenfreie Maske aus dem Backofen genommen. Ein verregneter Nachmittag. Duft von aromatischem Kaffee zieht durch den Raum. Kim Wildes Winteralbum im CD- Player schweigt. Allein Zuhause, die Familie lässt auf sich warten. Dunkelstunde auf dem Sofa ist angesagt. Ich schließe die Augen. Minuten vergehen, die Kindheit erwacht im tiefsten Inneren.

Mein großer Bruder erscheint vor mir. *„Hallo Paul"*, wir begeben uns in die 60er Jahre des vorigen Jahrhunderts. Kinderjahre, Paul ist mir entwachsen. Auch bei mir beginnen innere und äußerer Veränderungen. *„Damals, Paul, am Stadtrand, wo wir zusammen mit unseren Eltern aufwuchsen und gemeinsam die Kindheit erleb-*

ten. Du hattest eine andere Stufe der Entwicklung erreicht, ich war eben noch ein Kind und du schon ein junger Mann. "

Einen großen Anteil daran hat unser Nachbar Meister Wilke, ein absoluter Fachmann der Fahrradtechnik. Im Hinterhof seines Hauses steht die kleine Werkstatt. Nachdem Paul bei ihm eine Fahrradmechanikerlehre begonnen hat, entwickelt sich bei ihm ein ganz neues Selbstwertgefühl. Die Erfahrung des Meisters und sein besonnenes Wesen tragen dazu bei, dass er eine vorher nicht gekannte innere Harmonie findet. *„Es war für mich eine sehr glückliche Zeit.* " Paul huscht ein Lächeln übers Gesicht. *„Du hattest eine neue Lebensstufe erreicht, um die ich dich beneidete,* " erwidere ich.

In der Vorweihnachtszeit wird es aber immer deutlicher, dass auch ich dabei bin, der Kindheit zu entfliehen.

„Paul, erinnerst du dich? Da waren meine Freunde, die oft draußen warteten, um mit mir gemeinsam die Nachmittage zu verbringen, nachdem ich die quälenden Schularbeiten endlich beendet hatte. Da war am Ende unserer Straße die kleine Konditorei der Winkelmanns, in der ich meine Liebe für die Arbeit mit der Kuvertüre entdeckte. Zweimal in der Woche half ich dem geduldigen Meister beim Temperieren der Kuvertüre und beim Glasieren des fertigen Honigkuchens. Im Laufe der Zeit gelang es immer besser. Nicht zu vergessen die ersten Kinobesuche! Zusammen mit meinen Freunden, waren sie an Wochenenden oft eingeplant. "*

Paul unterbricht mich: *„Mutter hatte mich darauf angesprochen. Vor ihr blieb nichts verborgen. Deswegen forderte sie dich auf, gerade ihre in*

der Vorweihnachtszeit, jedes Jahr neu erdachten
sozialen Ideen in die Tat umzusetzen."

„Ja, Paul, ich sehe es bildlich vor mir. In der
zweiten Adventswoche nahm sie mich beiseite
und legte mir ans Herz, Rosalinde zu besuchen,
eine uns gute ältere Bekannte. Rosi, lebte seit
geraumer Zeit allein in ihrer Wohnung, zwei
Querstraßen von uns Zuhause entfernt. Früher
war sie oft bei meinen Eltern und unterstützte
Mutter, wenn sie Heimarbeit angenommen hatte.
Der Besuch sollte eine schöne Abwechselung in
den dunklen Tagen für Rosi sein. Eigentlich ein
dringendes Gebot, den Wunsch von Mutter
umgehend zu erfüllen. Aber wie es in dieser Vor-
weihnachtzeit so war, da half ich am nächsten
Tag in der kleinen Konditorei und nach getaner
Arbeit drückte mir Frau Winkelmann mal soeben
fünf Mark in die Hand. Wie sehr fühlte ich mich
da schon in der Welt der Erwachsenen. Das

Taschengeld aufgebessert, der Weihnachtsmarkt nur zwanzig Gehminuten von uns entfernt. Es wurde kein Tag ausgelassen, um sich mit den Freunden vom Lichterglanz des Marktes und der Adventszeit verzaubern zu lassen. Auf dem Markt lag uns aus der Musikbox tönend, neben den Weihnachtsliedern, unvergessen, Freddy Quinn mit - Weit ist der Weg - in den Ohren. Verführerische Düfte von Pfannkuchen, Spritzgebäck, Krapfen, Schmalzgebäck, gebrannten Mandeln und der groben Thüringer Bratwurst machte uns den Mund wässerig und entlockten uns das Taschengeld. Wir tauchten ein in das Menschenmeer und genossen unsere neu entdeckte Freiheit, die uns das Herz öffnete. Viele neue Kontakte wurden geknüpft und dabei vergaß man die alltäglichen Pflichten."

Die Adventszeit vergeht im Flug und als Mutter sich drei Tage vor Weihnachten nach der Rosi erkundigt, muss ich ihr gestehen, dass ich den Besuch vergessen habe, einfach vergessen.

„Paul, abrupt war meine neu gewonnene Herrlichkeit beendet. Mutter tadelte mich mit einem strengen Blick und für einen Moment schob sich eine Barriere zwischen uns. Vorbei ihre sanftmütige Art, die ich so liebte. In den nächsten Stunden fühlte ich mich elend. Wie glücklich war ich, als sich Mutter am Abend an mein Bett setzte, so wie sie es in meinen frühesten Kindertagen regelmäßig tat. Sie ließ sich sehr viel Zeit und erzählte aus ihrer Kindheit. Bevor sie mir eine gute Nacht wünschte, unterbreitete sie mir den Vorschlag, am nächsten Tag, zusammen mit dir, Paul, die Rosi zu besuchen. Nichts sehnlicher hatte ich mir gewünscht, als die sofortige Möglichkeit der Wiedergutmachung. Da war sie wieder, die für mich unbeschreibliche Herzlichkeit, die mir so viel bedeutete. Diese

innige Bande, dieses Vertrauen, die zarte Wurzel meiner Kindheit, für einen Moment schien sie verloren und nun war sie wieder da und ich spürte die Nestwärme, die mich umgab. Ein bis heute nicht verloren gegangenes Wohlgefühl von Zusammengehörigkeit und Eintracht."

Pauls Augen glänzen:*„Ein großes Herz hatte sie. In ihre sozialen Pläne war ich eingeweiht. Nur so kam es zum gemeinsamen Besuch bei Rosi."*

„Wir standen vor ihrer Wohnungstür. Rosi öffnete und ich wollte mich gerade für den eigentlich viel zu späten Besuch entschuldigen, als du das Wort ergriffen hast. Paul, du sprachst überzeugend, dass es von uns Zweien so gewollt war, ihr jetzt, genau heute, kurz vor Weihnachten etwas Gesellschaft zu leisten. Dabei legtest du deinen linken Arm um meine Schulter. Rosi war sichtlich angetan von dieser spontanen Idee, sie wusste ja

nicht, dass der Besuch eigentlich schon viel früher hätte stattfinden sollen. Dein sicheres und für mich unvergessenes Auftreten hat den Augenblick gerettet. Ein Augenblick, der sich in mir festsetzte. Mit strahlendem Gesicht bat sie uns in ihre vorweihnachtlich geschmückte warme Stube. Es duftete nach frisch gebackenen Keksen und orientalischen Gewürzen. Du hattest längst eine andere Bewusstseinsstufe erreicht. Jetzt erkannte ich das bei heißer Schokolade und leckerem Weihnachtsgebäck und das war gut so."

„Ich denke, wir waren gute Zuhörer", erwidert Paul, dabei hat er feuchte Augen. *„Sonst hätte Rosi uns nicht so überschwänglich verabschiedet, Paul."*

Noch Jahre später habe ich sie regelmäßig besucht. Gut fühle ich mich nach jedem Besuch.

„Paul, erinnerst du dich an den damaligen Heiligen Abend? Für dich stand ein nagelneues stahlblaues Herrenfahrrad neben dem Weihnachtsbaum. Eine Belohnung unserer Eltern für deine sehr guten beruflichen Leistungen bei Meister Wilke. Ich empfand keinen Neid. Aufrichtig gefreut habe ich mich mit dir. Dein Fachwissen habe ich bewundert, als du mir die Funktion des Schalthebels am Radrahmen und die der Ritzel an der hinteren Rücktrittnabe erklärtest. Ich war sehr glücklich, dass wir diesen heiligen Abend gemeinsam verbrachten. "

„Sternstunden, aufgebaut auf winzige, festgehaltene Augenblicke, wir haben sie erlebt. Ich hab sie nie vergessen. " Ich höre noch einmal Pauls Stimme, vernehme ein starkes Herzklopfen, öffne die Augen und atme ein paar Mal tief durch. Die Dunkelstunde ist beendet. Die Familie steht vor der Tür. Es wird Zeit für einen Gesprächs-

15

austausch bei einer guten Tasse Kaffee. Paul ist mir mal wieder ganz nah, obwohl er schon lange nicht mehr unter uns weilt.

MÄRCHENHAFTES

Mein Opa lebte jahrelang, bevor es ihn nach Sachsen zog, in der Region Zips, östlich der Hohen Tatra.

Mein Opa war ein Karpatendeutscher. Ein Ort aus dieser Region lag ihm besonders am Herzen. Es war das kleine Dorf Hopgarten, nicht weit von Lublau, am Fluss Poprad. Chmel'nika wird es heute genannt und ist eine Gemeinde in der Slowakei. Den unterschiedlichsten dort wohnenden Volksgruppen wird seit Jahrhunderten ein großer Gemeinschaftssinn, eine große Hilfsbereitschaft untereinander und eine besondere Herzlichkeit nachgesagt. Und so war es meinem Opa ein Bedürfnis, uns Kindern vom Kirchberg seine Heimat näher zu bringen. Dazu nutzte er seinen kleinen Backraum im Hinterhof.

In der Vorweihnachtszeit erzählte er uns von märchenhaften Geschichten aus Hopgarten und Umgebung. Dabei spendierte er Streifen vom Zuckerkuchen. Zuckerkuchen, den er in seinem runden Holzbackofen gebacken hatte und den wir so gern aßen. Es roch nach verbranntem Zucker und bei Beginn von Opas Geschichten rückten wir Kinder, eingehüllt von der wohligen Wärme des Ofens, eng zusammen auf der Holzbank. Eine dieser Geschichten, die er uns erzählte, ist die von einem einsamen Wolf, der sich im späten 19. Jahrhundert in der Region Hopgarten aufhielt. Glaubhaft versicherte uns Opa, dass eine Aufzeichnung im Jagdbuch des damaligen Revierförsters der Grundstein für diese Geschichte war.

Nach dem ersten Novembersturm im Jahr 1899, der die Tatra heimgesucht hatte, stellte der Revierförster, den Opa in Kindertagen oft in den

Wald begleiten durfte, die Sturmschäden in der Region Hopgarten fest und vermerkte sie in seinem Jagdbuch. Neben den Waldschäden erwähnte er eine Wolfsspur. Zunächst nichts Auffälliges in dieser Gegend. Doch dann etwas Besonderes, berichtete er doch von einer Wolfsspur und einer Spur von einem Reh. Sie verliefen nördlich bis zur Weggabelung nebeneinander her. Weiter vermerkte der Revierförster aber die Trennung der Spuren. Die vom Reh nach Osten in Richtung Mischwald und die vom Wolf talwärts nach Westen. Zusätzlich war zu lesen, dass er keine Bissspuren vom Wolf entdeckt habe.

Opa erweckte wieder bei uns Kindern große Aufmerksamkeit. Es gelang ihm, einen Bogen zu spannen zwischen wahrer Begebenheit und Fabelwelt. Opa stellte Fragen in den Raum. So fragte er, wie es zu den Spuren von Wolf und Reh nebeneinander kommen konnte und warum es keine Bissspuren gab, obwohl beim Wolf ein Reh ganz oben auf dem Speisezettel stand. Er erklärte die Fragen mit einer fabelhaften Geschichte, die unterhalb der Gelsdorfer Spitze (2655m), dem höchsten Berg der Karpaten, begann. Dort wuchs einst ein sehr schöner junger Wolf auf, der oft mit dreisten jugendlichen Streichen sein Rudel in arge Schwierigkeiten brachte. Seine Artgenossen konnten aber gut damit leben und verziehen ihm schnell diese übermütigen Handlungen.

Als dieses prächtige Tier gerade elf Monate alt geworden war, geschah etwas Folgenschweres. Der Tag hatte für den jungen Wolf friedlich begonnen. Auf der morgendlichen Pirsch durch den dichten Fichtenwald erreichte der Wolf, von Sonnenstrahlen angelockt, eine Lichtung. Dabei entdeckte er eine Ricke mit ihrem Kitz bei der Versorgung seines Jungtieres. Es war das Reh, das am Abend vom Rudel gerissen werden sollte, um die dringend benötigte Nahrung zu sichern.

Die morgendliche Beobachtung berührte sein Herz so stark, dass er später mit all seiner Überzeugungskraft versuchte, seine Artgenossen von der geplanten Jagd abzuhalten. Ohne Erfolg.

Am Abend wurde sich zur Jagd versammelt. Das Reh war in Sichtweite des Rudels und die Jagd begann. Da stellte sich der junge Wolf gegen sein Rudel. Er verhinderte damit ein geordnetes Jagen und das Reh konnte sich mit großen Sprüngen in die nahe Fichtenschonung retten.

Es war ein schwerwiegender, grober Verstoß mit Folgen für den jungen Wolf und weitreichenden Folgen für sein weiteres Leben. Das Rudel urteilte hart und unnachgiebig und schloss ihn aus. Die Unnachgiebigkeit seines Rudels und der damit vollzogene Verstoß veränderten sein Wesen. Er ignorierte fortan jegliche Annäherungsversuche seiner Artgenossen. Damit begann sein langer, einsamer Weg durch die Tatra. Innerlich getroffen, durchstreifte er die Reviere von Braunbär, Fuchs und Luchs. Um die Menschen machte der Wolf einen großen Bogen, ahnte er doch die Gefahr, die von ihnen ausging. Seine scharfen Sinnesorgane und sein angeborener Jagdinstinkt garantierten Tag für Tag sein Überleben. Ein mühseliges und manchmal auch karges Leben.

Viele für sein Leben gefährliche Situationen hatte er mit viel Glück überstanden, als er sich im hohen Wolfsalter während des ersten Novembersturms im Jahr 1899, oberhalb von Hopgarten, in dem dortigen Fichtenwäldchen aufhielt. Der starke Sturm hatte eine Schneise in das Wäldchen gerissen. Am Ende der Schneise, vor dem Querweg, verdeckt von einer etwa 30 Meter hohen umgestürzten Fichte, sah der Wolf unter einem stark gebogenen Fichtenast ein Reh. Die Zweige des Astes hatten sich wie ein Netz über das Tier gelegt. Der Wolf erkannte, dass es unverletzt war. Eine sichere Beute für ihn.

Langsam kam er dem Reh näher. Mit seinen Pfoten drückte er einige junge Zweigtriebe des Fichtenastes beiseite und erreichte den zitternden Hals. Das Reh schaute mit seinen runden, dunklen Augen in die braun-grünen wie Bernstein leuchtenden Augen des Wolfes. Dieser berührte mit seinen kleinen spitzen Ohren den zitternden Hals. Der Wolf spürte jetzt viel Wärme, wohltuende Wärme, die das Reh ausstrahlte. Diese Wärme zog langsam, sehr langsam bis in sein tiefstes Innere. Er verspürte ein wohliges Gefühl. Ein Gefühl, wie es sein Herz auch einst als Jungtier berührt hatte. Als es dann auch noch kräftig zu schneien begann, waren seine Jagdgelüste längst verflogen. Er wusste, dass nicht viel Zeit für das Reh blieb. Dabei rankten sich seine Gedanken um die anderen Raubtiere in diesem Waldabschnitt und er dachte an die schießwütigen Menschen.

Spontan sprang er aus der Mulde, verbiss sich in den Fichtenast und zog unermüdlich mit aller Kraft, bis der Ast sich vom Waldboden abhob und das Reh sich befreien konnte. Dann sank er entkräftet auf den schneebedeckten Waldboden.

Das Reh, das natürlich auch den Speisezettel eines Wolfes kannte, hätte jetzt mit großen Sprüngen das Weite suchen können, tat es aber nicht, zögerte kurz und wandte sich dann dem entkräfteten Wolf zu. Es nutzte die im Boden ankernden Wedel der Wurmfarne, die den Wolf vor dem Neuschnee schützten, und legte sich wärmend ganz vorsichtig neben ihn, bis er wieder bei Kräften war. Dabei war es hellwach und schaute dem Wolf noch einmal tief in die Augen, bis sie sich gemeinsam aufmachten, um den Querweg zu erreichen. Auf dem Querweg gingen sie nordwärts zur Weggabelung. An der Weggabelung trennten sie sich und es blieben die Spuren im Neuschnee, die im Jagdbuch vom Revierförster beschrieben wurden.

Bewohner von Hopgarten erzählten damals, dass sie am ersten Weihnachtstag im verschneiten Mischwald am Rand einer Lichtung im Schneefeld, östlich ihres Dorfes, einen Wolf und ein Reh gesehen hatten. Sie standen in inniger Zuneigung nebeneinander. Dieses Verhalten will man auch im Frühjahr nach der Jahrhundertwende, nachdem der Schnee gewichen war und die Natur ihre herrliche Blütenpracht entfacht hatte, mehrfach beobachtet haben. Ein Wolf und ein Reh, mal stehend und mal fröhlich spielend, Seite an Seite! Nach diesen sich weit verbreitenden Beobachtungen hatte der Wolf mit dem großen Herzen einen festen Platz in den Seelen der damaligen Bewohner von Hopgarten.

Lange Zeit fand man im Jagdbuch des Revierförsters keine Eintragungen über Verfehlungen von Bewohnern der Region, im Hinblick auf Abschuss von Wildtieren. Sehr ungewöhnlich in damaliger Zeit. Wie vieles Ungewöhnliche, das heute noch über die Region Hopgarten verbreitet wird.

Für mich sind sie unvergessen geblieben, die Nachmittage in der Vorweihnachtszeit bei meinem Opa. Sehe ich doch auch noch seine glänzenden Augen vor mir, wenn er nach seinen Geschichten noch einmal Fragen von uns Kindern beantwortete. So auch bei dieser Geschichte vom einsamen Wolf, der im entscheidenden Augenblick seines Tierlebens in der herrlichen Landschaft der Tatra auf sein großes Herz hörte und dafür im hohen Wolfsalter mit einer außergewöhnlichen Freundschaft belohnt wurde.

ERINNERUNG - HOPGARTEN

Chmel'nica, ein Dorf in der Slowakei, deutsch Hopgarten, scheint ein ganz normales Dorf zu sein, das in Deutschland kaum jemand kennt. Doch die wenigen Eingeweihten wissen es besser: geografisch eine Perle im Herzen Europas, zeitgeschichtlich durch außergewöhnliches Verhalten seiner Bewohner hervorgetreten.

Zwischen Spätsommer 1944 und Herbst 1946 standen die Bewohner Hopgartens im Scheinwerferlicht der Geschichte. Rund herum, in der ganzen Slowakei, aber auch in der benachbarten Tschechei und in Polen mussten Deutsche massenhaft das Land verlassen. So versuchte die Wehrmacht im Dezember 1944 gleich zweimal, die Zivilbevölkerung in Hopgarten zu evakuieren, was von den Einwohnern ignoriert wurde. Später widersetzte sich das komplette Dorf mit viel Zusammenhalt, Mut und Beharrlichkeit den Benes-Dekreten. Diese ließen damals Ausnahmen für ein Bleiberecht in der Slowakei nur für dringend benötigte (deutsche) Spezialisten oder aktive (deutsche) Widerstandskämpfer zu, aber nicht für ein komplettes Dorf. Hopgarten hat als einziges deutsches Dorf die „ethnischen Säuberungen" in der Slowakei nahezu unversehrt überlebt.

Es war also wohl ein glücklicher Zufall, berichtet Ortschronist Kozák oder auch göttliche Fügung, wie viele in Hopgarten denken. Im Frühsommer 1946 umstellten tschechische Soldaten das Dorf. Haus für Haus trieben sie die Menschen heraus und brachten sie in das Sammellager Altlublau. Bereits am nächsten Morgen protestierte der slowakische Dorfpfarrer beim Bezirksamt gegen den

Willkürakt. Weil sich auch die slowakischen, ruthenischen und goralischen Bürgermeister der Nachbardörfer mit den Hopgartnern solidarisierten, kamen sie wieder frei. Folgenden mehrmaligen Versuchen der Vertreibung durch tschechische Soldaten entzog man sich durch Flucht in die Wälder. 1948 wurden den widerspenstigen Deutschen von Hopgarten dann gar das Angebot unterbreitet, sich zur slowakischen Nationalität zu bekennen. Die meisten fassten die Gelegenheit beim Schopf. Für die Behörden war der Fall damit erledigt, das deutsche Dorf geriet allmählich in Vergessenheit und wurde in Chmel'nica umbenannt.

Heute sprechen in Hopgarten noch über 600 Personen von den ca. 900 Einwohnern, darunter auch Kinder, den deutschen Dialekt oder Hochdeutsch als Muttersprache. In der Grundschule (1.–4. Klasse) ist slowakisch Unterrichtssprache. Die dortigen Schüler bekommen aber wöchentlich sieben Stunden Deutschunterricht (zwei mehr als an anderen slowakischen Schulen, die deutsch ab der 1.Klasse anbieten). Später gibt es die Möglichkeit das Staatliche Gymnasium UDT in Poprad zu besuchen. Hier wird zweisprachiger Unterricht (slowakisch-deutsch) angeboten und dort kann man auch das deutsche Abitur ablegen. Trotzdem ist es schwierig zu sagen, ob sich der deutsche Dialekt hält, da es an neuen deutschen Wörtern fehlt, an deren Stelle dann slowakische gebraucht werden. Die Jugend spricht auf der Straße schon slowakisch. Auch ist die gesamte Region von starker Arbeitslosigkeit betroffen. So rechnet man weiter mit Abwanderungen. Bleiben wird die geografische Perle im Herzen Europas und der zeitgeschichtlich geprägte Hintergrund.

Chmel'nica: Auszug Wikipedia, Textvorlage Ortschronik Hopgart (Kozák) und „Emma"

HAVERMANNS BAUMKUCHEN

Mitte der siebziger Jahre des vorigen Jahrhunderts arbeitete ich in einer kleinen Konditorei in einer großen Stadt.

Ich war einer von drei angestellten Konditoren. Besonders in der Vorweihnachtszeit konnten wir uns über ausreichend Beschäftigung nicht beklagen.

Unser Arbeitstag hatte oft zwölf Stunden und unser Chef, kurz vor der Rente stehend, ein ausgewiesener Fachmann, groß gewachsen und noch mit einer athletischen Figur ausgestattet, organisierte professionell den Arbeitsablauf. An die Zeitabläufe gebunden, leisteten wir Tag für Tag unser Pensum mit Achtung und Distanz zu unserem Chef und Inhaber der Konditorei.

Meine Arbeit bestand darin in dieser Vorweihnachtszeit, die vorbestellten Baumkuchen auf der sich drehenden Walze der Baumkuchenmaschine Schicht für Schicht zu backen und die ausgekühlten Baumkuchenringe des Vortages, je nach Bestellung in bestimmter Größe und Anzahl der Ringe, mit temperierter Kuvertüre (helle, dunkle) und mit weißem Fondant (diese Ringe wurden vorher mit kochender Aprikosenmarmelade bestrichen) zu überziehen.

Ein besonderer Kunde waren die Havermanns, ihnen mussten unsere Baumkuchen besonders gefallen, denn die Liste ihrer Bestellungen schien in dieser Zeit unendlich.

In der dritten Adventswoche hatten wir immer eine zweite Schulklasse der nahen Grundschule zu Besuch. Eine willkommene Abwechslung vom alltäglichen Arbeitstag.

Die Kinder waren mit leuchtenden Augen und Begeisterung dabei, unter unserer Anleitung, einen mit Vanille, Zitrone und Zimt angereicherten Mürbeteig zu kneten, mit einem Holz auszurollen, um dann Sterne und Herzen auszustechen. Die Backstube, in der wir ja in dieser kalten Jahreszeit auf keinen Fall frieren mussten, zeigte sich bei dieser Veranstaltung in einem besonderen Glanz, zumal wir, bis auf unseren Chef, alle rote Zipfelmützen auf dem Kopf hatten. Unser Chef nahm das zum Anlass seine Konditoren mit der Klasse zu fotografieren.

Am Heiligabend dann, in der Frühe, wenn wir das letzte Backwerk hergestellt hatten, rief er uns kurz zusammen und dann gab es für jeden traditionsgemäß einen Briefumschlag mit einer kleinen Geldprämie zum Fest und eben ein Foto mit den Kindern. So wurde es auch an diesem Heiligen Abend gehandhabt. Für Havermanns überzog ich den letzten Baumkuchen mit weißem Fondant, ein Baumkuchen mit beträchtlichem Durchmesser und mit sechs Ringen. Die Kollegen hatten schon die Backstube aufgeräumt und in einen feierabendlichen Zustand versetzt. Die Arbeit war getan und unser Chef übergab uns wie üblich jedem einen Briefumschlag, redete ein paar wohlwollende Worte und verabschiedete uns in die verdienten freien Weihnachtstage.

Am Rande der Stadt wohnte ich zu dieser Zeit mit meiner Frau in einer kleinen Wohnung, in einer naturbelassenen Gegend, in der wir uns wohlfühlten. Natürlich interessierte es mich, wie hoch die Geldprämie Heiligabend ausgefallen war. Bevor ich die Heimfahrt mit dem PKW antrat, öffnete ich den Umschlag. Das Bild mit den Schulkindern war wohltuend getroffen, schauten wir doch alle erfreut an diesem Adventstag, aber die Geldprämie – von Deutscher Mark war im

Briefumschlag nichts zu sehen. Der Umschlag enthielt nur das Bild. Zunächst konnte ich es gar nicht richtig einordnen. Irgendwas konnte ja nicht stimmen, vielleicht hatte ich in den letzten Monaten und besonders in der Vorweihnachtszeit einen größeren Fehler begangen oder so etwas in dieser Richtung. Zurückzugehen und den Chef zur Rede zu stellen, kam mir nicht in den Sinn, zumal mir bekannt war, laut Aussagen der Kollegen, dass, wenn der Chef mit der Jahresleistung eines Angestellten nicht zufrieden war, der Briefumschlag zu Weihnachten durchaus leer sein konnte.

Innerlich aufgewühlt, begab ich mich auf die Heimfahrt. Wie an einem Heiligen Abend fühlte sich meine Stimmung nicht, eher wie einer dieser kühlen Dezembertage, an dem die Kälte in die Kleidung aufsteigt und man sich wünscht, dass es bald wieder Frühling wird.

Zuhause angekommen, erzählte ich meiner Frau die Geschichte. Die Wohnung war schon weihnachtlich geschmückt, das Licht der vier Adventskerzen und der Duft der Tannenzweige ließen meine Stimmung wieder etwas besser werden, dennoch überlegte ich noch einmal in Ruhe, was ich in letzter Zeit beruflich gut und nicht so gut fand.

Die Kaffeezeit war gekommen, meine Frau freute sich schon auf eine genüssliche Tasse Kaffee, als es an der Wohnungstür klingelte. Die Tür wurde von mir geöffnet – vor mir stand mein Chef mit seiner Frau. Er hatte eine rote Zipfelmütze auf dem Kopf und duzte mich. *„Entschuldigung für die unerwartete Störung an diesem besonderen Tag, aber meine Frau hat vor einer Stunde bei der Tagesabrechnung bemerkt, dass ich deine Geldprämie zum Weihnachtsfest nicht in den Briefumschlag gelegt habe. Ich habe es ver-*

gessen, einfach vergessen. Hier ist nun deine
Extraprämie zum Weihnachtsfest. Es tut mir leid,
wenn ich dich zunächst enttäuscht habe.“ Seine
Frau nickte nur mit lächelnden Zügen im Gesicht,
sie reichte mir einen etwa 50 cm hohen Karton,
bevor der Chef seine Rede fortsetzte. *„In dem*
Karton befindet sich ein weißer Baumkuchen, den
du dir in diesem Jahr durch die besonderen
Umstände verdient hast. Es ist der Baumkuchen
mit den sechs Ringen, der traditionsgemäß, seit
wir die Konditorei haben, Heiligabend auf un-
serem Kaffeetisch steht. Ein kleines Geheimnis
der Konditorei, dass der letzte hergestellte Baum-
kuchen am Heiligabend dem Inhaber gehört. Ich
setzte ihn immer auf Havermanns Liste, dann
landet er bei uns auf dem Kaffeetisch. Dieses
Jahr gehört er dir.“

Mir vielen zunächst keine Worte ein. Chef und
Chefin in einer so menschlichen Haltung, von

einer gewissen Distanz keine Spur. Ich war überwältigt und langsam löste sich bei mir die Spannung und ich spürte eine nicht beschreibbare Wärme in meinem tiefsten Inneren.

Meine Frau bat beide an den Kaffeetisch und es wurde gemeinsam ein besonders starker Kaffee getrunken. Der Baumkuchen wurde von mir angeschnitten und mein Chef erwähnte die angenehm empfundene Ruhe nach den geschäftlichen Tätigkeiten am 24. Dezember und dann begann für uns alle der Zauber von Weihnachten.

Jahrzehnte sind seitdem vergangen, die kleine Konditorei gibt es nicht mehr. Längst bin ich aus dem Berufsleben ausgeschieden, aber, wenn unsere kleine Familie am Heiligen Abend am runden Kaffeetisch sitzt, steht noch immer ein weißer Baumkuchen auf dem Tisch. Ich schneide den Kuchen an und bei einer Tasse Kaffee erzähle ich die Geschichte von Havermanns Baumkuchen und dann beginnt für uns ein besinnlicher Heiliger Abend.

ERINNERUNG - KONDITORENHANDWERK

Eine Blütezeit des Konditorenhandwerks war die zweite Hälfte des vorigen Jahrhunderts.

Der Raum Braunschweig – Wolfenbüttel erlangte große Bekanntheit durch die Bundesfachschule für Konditoren in Wolfenbüttel. Ihr Gründer war Bernhard Lambrecht.

Bernhard Lambrecht geb. 08.09.1897 in Ilsenburg, Landkreis Harz; gest. 22.12.1971 in Wolfenbüttel war ein deutscher Konditor, Gründer und erster Direktor der von 1927 bis 2004 bestehenden Bundesfachschule für das Konditorenhandwerk.

Bernhard Lambrecht, der Sohn eines Konditormeisters, besuchte von 1907 bis 1916 das Gymnasium Große Schule Wolfenbüttel. Nach dem Abitur war er Soldat im Ersten Weltkrieg.

Nach dem Krieg absolvierte er zunächst eine Konditorlehre in der Wolfenbütteler Konditorei seines Vaters, ehe er die Kunstgewerbeschulen in Stuttgart und Braunschweig besuchte. 1926 legte er in Leipzig die Meisterprüfung für das Konditorenhandwerk ab. Im Jahr 1927 gründete er in Wolfenbüttel eine zunächst private „Fachschule für neue Konditorkunst".

Lambrecht sah sein Handwerk noch mit den Traditionen des 19. Jahrhunderts verbunden und vom verschnörkelten Dekor des Wilhelminischen Stils bestimmt. Er hielt es somit für dringend reformbedürftig und orientierte sich dabei an den Grundgedanken des Bauhauses in Dessau, wo er auch Vorlesungen besucht hatte. In seinem Werk „Vom neuen Stil in der Konditoreikunst"

(Wolfenbüttel 1929) brach Lambrecht radikal mit dem alten „Zuckerbäckerstil". Die Schule lehrte, gemäß der neuen von Lambrecht formulierten Prinzipien des Konditorenhandwerks und erhob Schönheit und Echtheit des Materials sowie zweckgebundenes Gestalten zum Ziel.

1938 wurde die Fachschule in „Meisterschule des Konditorenhandwerks" umbenannt und den Kunstgewerbschulen gleichgestellt, bevor sie im Jahr 1939, mit dem Beginn des Zweiten Weltkriegs geschlossen wurde.

Die Wiedergründung erfolgte am 1. September 1948 unter der Trägerschaft des Deutschen Konditorenbundes (DKB). Die Leitung übernahm erneut Bernhard Lambrecht, der die Schule weiter bis 1969 führte.

Ab 1974 beteiligte sich die Handwerkskammer

Braunschweig an der Trägerschaft der Schule, um zu verhindern, dass die Konditorenschule aus dem damaligen strukturschwachen Zonenrandgebiet in ein anderes Bundesland abwanderte. Das Gebäude wurde zu einem modernen Bildungszentrum ausgebaut. Eine letzte Umbenennung erfolgte im Mai 1978, als sie den Namen Bundesfachschule für das Konditorenhandwerk erhielt, mit dem Untertitel „Bernhard Lambrecht-Schule".

Für die Unterbringung der Lehrgangsteilnehmer wurde 1984 die benachbarte Samson-Schule erworben und zu einem Gästehaus umgebaut. Die Bundesfachschule blieb bis in die 1990er Jahre der einzige Ausbildungsort für die Überbetriebliche Konditorenausbildung in Deutschland. Am 31. Dezember 2004 stellte die Schule ihren Lehrbetrieb aufgrund zu geringer Schülerzahlen ein. Während in den 1990er Jahren noch jährlich ca. hundert Teilnehmer, auch aus Japan, den USA und Kanada die Meisterkurse besuchten, waren es in den 2000er Jahren lediglich zehn pro Jahr. Endgültig geschlossen wurde die Schule am 31.03. 2005, die zu diesem Zeitpunkt noch 17 Mitarbeiter beschäftigte. Ihre Lehre beeinflusst bis heute die moderne Konditorkunst.

Auszug Wikipedia: Bernhard Lambrecht und die Bundesfachschule für das Konditorenhandwerk

Selbsterfahrung – Gespräche mit Bernhard Lambrecht und Werner Kleemann

EIN LÄCHELN VOM WEIHNACHTSMANN

Im mittleren Europa, dem Ursprung der Weihnachtsbäume, im so genannten Schneewald, dort, wo der Weihnachtsmann es sich bis heute nicht nehmen lässt, die Auswahl der Weihnachtsbäume selbst vorzunehmen, war es wieder einmal an der Zeit, ein Rentier aus dem Schlittengespann des Weihnachtsmannes in den wohlverdienten Ruhestand zu verabschieden.

Der Weihnachtsmann und seine Gesellen machten sich auf die Suche, um für das älteste Rentier im Gespann einen Nachfolger zu finden. Die Wahl fiel diesmal auf ein sehr junges, doch schon kräftiges Ren aus den tiefen Wäldern des kanadischen Jasper Nationalparks. Auf Grund seiner Heimat bekam es vom Weihnachtsmann den Namen Jasper.

Jasper, mit dem glänzenden weißgrauen Fell, eroberte schnell die Herzen aller Gesellen des Weihnachtsmannes.

Die Rentiere aus dem Gespann kümmerten sich rührend um ihn. Die Zeit der Eingewöhnung fiel Jasper dadurch sehr leicht und bald wurde ihm sein Platz im Gespann zugewiesen.

In der Vorweihnachtszeit, als der Weihnachtsmann im Schneewald die Weihnachtsbäume mit seinen Gesellen abholte, sie auf den Schlitten verlud, um sie dann zu den Menschen zu bringen, leisteten die Rentiere Tag für Tag harte Arbeit. Schlitten für Schlitten verließ in den immer kürzer werdenden Tagen den Schneewald.

Endlich stand in Jaspers erstem Jahr im Gespann die letzte Fahrt an. Der Weihnachtsmann und seine Gesellen hatten es so festgelegt. Am Ende des Schneewaldes, dort, wo der Weg vor einem Hang eine Kurve machte bevor er ins Tal führte, sollte noch eine bildhübsche, grade gewachsene, drei Meter große Edeltanne mitgenommen werden. Schon beim ersten Anblick dieser Tanne war der Weihnachtsmann so beeindruckt, dass er ihr den Namen Rosa gab, einen Namen, keine Nummer, wie bei den ausgewählten Tannen üblich. Die Vorfreude bei Rosa war groß, gleich käme sie zu ihren Freunden auf den Schlitten, um dann in der Heiligen Nacht den Menschen Hoffnung und Zuversicht zu bringen. Das Ziel einer jeden Tanne hier im Schneewald!

Schon von weitem sah Rosa den Schlitten heranbrausen, so wie am Ende einer jeden Fahrt aus dem Schneewald. Der Weihnachtsmann drosselte die Geschwindigkeit des Schlittens. Alle Rentiere verlangsamten ihr Tempo. Nur Jasper schien etwas falsch verstanden zu haben. Unvermindert zog er mit seiner jugendlichen Kraft weiter. Dieser Zug reichte aus, um den Schlitten in eine Schieflage zu bringen.

Oh, oh! Rosa sah den Schlitten auf sich zukommen. Jetzt hieß es, alle Kräfte zu bündeln, um ein Abrutschen den Hang hinunter zu vermeiden. Die Gesellen waren schnell vom Schlitten gesprungen. Mit ihrer Hilfe und der Standfestigkeit von Rosa gelang es ihnen, den Schlitten wieder in die Spur zu bekommen. Der Weihnachtsmann war erschrocken, strich mit seinen Händen über den langen weißen Bart, zog seine Augenbrauen hoch, und seine große athletische Figur verschwand für einen Moment in seinem purpurroten Mantel. Nur knapp war der Absturz verhindert worden.

Rosa hatte durch den Aufprall des Schlittens ihre breit ausladenden unteren Äste verloren. Rosa wirkte entblößt und da ihre Schönheit erheblich gelitten hatte, kam sie für einen Weihnachtsbaum nun nicht mehr in Frage. Das erkannte auch der Weihnachtsmann und bedauerte die neue Sachlage sehr. Rosa ordnete ihr restliches grünes Kleid und dachte aber vor allem an die anderen Weihnachtsbäume und an Jasper.

„Wachsen kann ich auch ohne die unteren Zweige. Seht zu, dass ihr die Menschen rechtzeitig erreicht. Jasper wünsche ich weiter euer Vertrauen, damit er ein Leistungsträger in eurem Gespann wird". Mit dieser Meinung verblüffte Rosa den Weihnachtsmann. Dieser suchte nach Worten und erwiderte schließlich bewegt: *„Du bist selbstlos und hast viel Verständnis für andere. Ich werde es dir nicht vergessen",* und ging schweren Schrittes zu dem zitternden Jasper, strich ihm über das weißgraue glänzende Fell, nahm dessen Schuld auf sich und vertraute ihm

weiter einen Platz im Rentierschlitten an. Dann verabschiedete er sich mit seinen Gesellen von Rosa und begann die Talfahrt.

Jahr für Jahr stand Rosa nun am Wegesrand des Schneewaldes und beobachtete immer in der Vorweihnachtszeit den mit Weihnachtsbäumen beladenen Rentierschlitten und dachte ein wenig mit Wehmut an die Zeit, als sie noch zu den Auserwählten zählte. Längst hatte sie die Normgröße für Weihnachtsbäume überschritten. Doch dann kam das Jahr, in dem Rosa aus ihren Träumen geweckt wurde. Plötzlich, ganz unverhofft, gegen alle Gewohnheiten der letzten Jahre, hielt der unbeladene Rentierschlitten des Weihnachtsmannes direkt vor Rosa.

„Die Zeit ist gekommen, um noch einmal danke zu sagen für dein selbstloses Verhalten vor Jahren", sprach der Weihnachtsmann. Dabei

betrachtete er ihre gewaltige Höhe mit der wunderschönen pyramidenförmigen Baumkrone.

„Längst bin ich mit den Menschen nicht mehr zufrieden. Normgroße Weihnachtsbäume reichen schon lange nicht mehr aus, um ihre verschütteten Werte und Gefühle freizulegen. Sie sind dabei, die Grundwerte zu verspielen. "

Der Weihnachtsmann holte tief Luft, um dann weiter mit aller Überzeugungskraft zu sprechen: *„Grundwerte, die durch Opfer ihrer Brüder und Schwestern erst möglich geworden waren. Ich will einen Beitrag leisten für Frieden und Mitmenschlichkeit. Wenn du einverstanden bist, wird dein Platz dieses Jahr auf dem Marktplatz im Zentrum der Großstadt sein, dort, wo sich auch in dieser Jahreszeit viele Menschen aufhalten. Aufgestellt mit einem hellen Licht in deiner Krone, werden sie dich nicht übersehen.*

Sie werden dir Aufmerksamkeit schenken. Du sollst die Menschen zum Nachdenken bringen, um versteckte innere Werte in ihnen wach werden zu lassen", Rosa war gerührt, der Weihnachtsmann hatte immer an sie gedacht.

"Wenn es so schlimm um die Menschen steht, sollten wir keine Zeit verlieren", antwortete sie.

Alle Gesellen legten Hand an, packten Rosa vorsichtig auf den Schlitten, damit ihr grünes Kleid nicht beschädigt wurde und ab ging die Talfahrt in Richtung Zentrum der Großstadt.

Jasper, längst größer und kräftiger als jedes andere Rentier im Gespann, gab in der ersten Reihe das Tempo der Fahrt vor. Noch nie brachte man eine Tanne so behutsam und gefühlvoll an ihr Ziel. Rosa, eine Sonderbotschafterin!

Zunächst wurde Rosa auf dem Marktplatz kaum beachtet. Nur wenige erwachsene Menschen blieben vor der üppigen, stolzen Tanne stehen und ließen ihre Strahlkraft auf sich wirken. Sie aber vergaßen für einen Augenblick das wilde Treiben der Vorweihnachtszeit und kehrten herzbewegend in sich. *„Das ist die Hoffnung, die gibt es noch"*, freute sich der Weihnachtsmann.

In den nächsten Tagen fand Rosa mehr und mehr Beachtung. Der Weihnachtsmann sah viele Eltern und Großeltern mit ihren Kindern und Enkelkindern, die, mit glänzenden Augen, die mächtige Tanne bestaunten.

Trotz der kühlen, herben Winterluft verbreitete sich ein wohliges Gefühl. *„Sie sind die Zukunft"*, murmelte der Weihnachtsmann und erwartete zuversichtlich den Heiligen Abend.

Der Heilige Abend kam und der Marktplatz füllte sich. Jung und Alt aus nah und fern versammelten sich. Rosa strahlte im hellen Licht. Die Menge führte untereinander Gespräche. Gute Wünsche nach mehr Gerechtigkeit, Versöhnung und weltweitem Frieden waren zu hören. Dann begann die Menge im Chor zu singen. O Holy Night, klang es in die Nacht.

„O Heilige Nacht", stimmte der Weihnachtsmann ein und schaute auf zum klaren Sternenhimmel, dabei huschte ein Lächeln über sein Gesicht.

ANMERKUNGEN ZUM MÄRCHEN
JASPER – NATIONALPARK

Der in der kanadischen Provinz Alberta gelegene Jasper-Nationalpark wurde 1907 gegründet und ist mit seinen 10.878 km² Fläche der größte Nationalpark in den kanadischen Rocky Mountains. Der Nationalpark wurde 1984, als Teil der Canadian Rocky Mountain Parks, von der UNESCO zum Welterbe erklärt. Der Park ist benannt nach Jasper Hawes, der für die North West Company (Pelzhandel) einen Stützpunkt unterhielt.

Zu Beginn des 19. Jahrhunderts befand sich ein Pelzhandelsposten der Hudson's Bay Company am heutigen Ort Jasper (ca. 4000 Einw.), der erst 1914, sieben Jahre nach Einrichtung des Jasper-Nationalparks, offiziell gegründet wurde.

Im Park gibt es zahlreiche große Säugetierarten. Vor allem im Tal des Maligne River leben noch die seltenen Waldkaribus. Die nordamerikanischen Vertreter der Rentiere werden als *caribou* (deutsch Karibu) bezeichnet, ein Wort aus der Sprache der Mi`kmaq – Indianer.

TANNENBÄUME UND FRIEDENSTANNEN

Der Tannenbaum als Weihnachtsbrauch verbreitete sich im 18. Jahrhundert vom deutschsprachigen Raum aus über die ganze Welt.

Die älteste Überlieferung aus Übersee stammt nachweislich aus dem Jahr 1781. Es war eine Frau, die diese „Pioniertat" vorgenommen hatte: Friederike von Riedesel (1745 – 1808). Ihr Ehemann, der braunschweigische General Friedrich Adolf Riedesel hatte die braunschweigischen Soldaten im amerikanischen Unabhängigkeitskrieg befehligt. Deren Landungsgebiet nach der Überfahrt ist heute noch als „New Brunswick" bekannt. 1777 reiste Friederike mit ihren Kindern zu ihm nach Übersee. Sie lebte bis 1775 dreizehn Jahre mit ihrem Ehemann in Wolfenbüttel.

Das Quartier des Generals befand sich im Winter 1781 in Sorel/Kanada. Schon damals gedachte man gerade in Kriegszeiten an Weihnachten besonders wehmütig der fernen Heimat.

Zum Weihnachtsfest 1781 sorgte daher Friederike dafür, dass sich die Familie, Freunde und Soldaten um einen mit Kerzen geschmückten Baum versammeln konnten. Eine Erinnerung an die Heimat Braunschweig und Wolfenbüttel, in die man wenige Jahre später auch wieder zurückkehrte. Die Sitte des geschmückten Weihnachtsbaumes aber breitete sich nun auch in Nordamerika aus.

Der größte als Weihnachtsbaum geschmückte Nadelbaum war eine 1950 in Seattle aufgestellte Douglastanne von 67,4m Höhe.

Eine Friedenstanne, die von Norwegen nach Wolfenbüttel transportiert wird, erleuchtet seit 1962 jedes Jahr traditionell den Weihnachtsmarkt in Wolfenbüttel.

Die erste Friedenstanne, die 1962 in Wolfenbüttel übergeben wurde, sollte ein Symbol für das Aussöhnen ehemaliger Kriegsgegner sein und gilt heute als ein sichtbares Zeichen für Völkerverständigung und Sehnsucht nach Frieden.

Seite 56 bis 59

Auszug Wikipedia: Jasper Nationalpark –

Tannenbaum – Friedenstanne – Friederike Charlotte Louise Riedesel Freifrau zu Eisenbach

Gerd Biegel: „Friederike von Riedesel"

Die in diesem Buch genannten Auszüge aus Wikipedia fallen unter https://creativecommons.org

Danke,

Christel, und allen die mich auf meinen Wegen mit Rat und Tat unterstützen.

Jojo, Jürgen Walther, für die hilfreiche Zusammenarbeit (Lektorat).

Erwin und Wolfgang (Anregungen und Weitergabe von Fachwissen).